INHALT

NO
COLOR
BABY
#1

ER SCHILLERT IN ALLEN FARBEN.
SLLLL
WIE LANGE WILLST DU NOCH AN IHM LECKEN?
MANN! DU...
... STEHST ECHT AUF SCHWÄNZE, STIMMT'S, MASHIRO?
NA KLAR! ♡

AUSSERDEM FINGERST DU DIE GANZE ZEIT AN DEINEM LOCH RUM...
GTSCH
EY!
ICH STECKE IHN DIR JETZT REIN. ALSO ZIEH ES SCHÖN ENG ZUSAM-MEN!
WENN ES AUSGELEI-ERT IST, WERDE ICH SAUER, KLAR?
HAHA!
DIR...
... GEFÄLLT ES DOCH SO GUT IN DIE-SEM LOCH, DASS DU JEDES MAL KOMMST, YOICHI!

DU MIST-KERL!
AH!
KRIEK
AH!
KRIEK
KRIEK
AH!
KRIEK
KRIEK
KNNH
I...
... D...
I...
IST DAS GUT!
DAS IST SO GUT...

JAAA...!
BLAMM
SLLL
SLLL
DU FINDEST EINFACH ALLES GEIL...
MANCHMAL TÖRNT MICH DAS AB.
NEIN, NEIN, ES ÜBER-TRIFFT NUR IMMER MEINE ERWARTUN-GEN!
WAS SOLL DAS HEIS-SEN?
MACHST DU'S AUCH MIT ANDE-REN?
NA JA...
EXTREMERE SACHEN KANN ICH AUSSER MIT DIR EIGENTLICH KAUM MIT JEMANDEM MACHEN. INSOFERN...

* JAP. ANREDE FÜR ÄLTERE BRÜDER

WAS MACHST DU HIER ...?
ICH WAR DAS GANZE JAHR TOTAL BRAV. DARUM...
... HABEN SIE MIR ENDLICH DEINE ADRESSE VERRATEN.
ICH HAB DICH VERMISST ...!
TAST
WAS?
DEIN KLEINER BRUDER?

ZERR
...
WER BIST DU DENN?
ICH BIN SEIN LOVER!
L-O-V-E-R!
HEY...
AH ...!
LASS DAS!
FASS MEINEN BRUDER NICHT AN!

DU KANNST MICH HABEN!
DAFÜR TRENNST DU DICH ABER VON NII-SAN!
MASHIRO
WAS REDEST DU DA, AKI ...?
ACH WAS! ICH KANN DICH ALSO HABEN!?
WEISST DU, WAS ICH MIT DIR MACHE?
KNEIF
ERRÖT
INTERES-SANT!
CHR CHR

...!
YOICHI?!
GTSCH
KTSCH
NAHH!
LASS UNS DOCH MAL KURZ ALLEIN, MASHIRO.
LASS DEN QUATSCH, YOICHI...

WAS DENN? BIST DU SAUER, WEIL ICH ES NICHT MIT DIR MACHE?
DU BIST JA RICHTIG SEXSÜCHTIG...
SUCH DIR JEMANDEN IN DER STADT!
SCHWÄNZE GIBT'S DA DRAUSSEN MEHR ALS GENUG.
DIR IST DOCH JEDER RECHT, WENN ER'S DIR BESORGT, ODER?
ICH SUCHE MIR EINEN RICHTIG GROSSARTIGEN SCHWANZ!
BAD
NII-SA...
LASS IHN!

ICH KANN MACHEN, WAS ICH WILL, ER HÄLT'S EINFACH NICHT AUS.
LECK
SO IST ER EBEN.
OH!
MASHIRO!
DU SIEHST HEUTE WIEDER HEISS AUS!
THANKS!
WO IST YOICHI?
WAS WEISS ICH? DIESER IDIOT!
BIST DU EINSAM... SO GANZ ALLEIN?!
WIE WÄR'S, WENN DU'S HEUTE MIT MIR MACHST?
SEIT YOICHI ES ÜBERALL RUMPOSAUNT HAT...
... WOLLEN ALLE MIT DIR INS BETT.

ER SAGT, DU STEHST TOTAL AUF SEX UND LÄSST EINEN ALLES MACHEN: FESSELN, SPANKING, IRRUMATIO…
TSCHCK
SLUPP
SLUPP
SLUPP
GPPH
PH
GPPU

KRCK
AUA!
EIN KERL, DER VON DEM BISSCHEN SCHON 'NEN STÄNDER KRIEGT…
… KANN MICH NICHT BEFRIEDIGEN!
HAHA!
DU BRINGST ES NICHT, SAGT ER!
WIE IST ES MIT MIR, MASHIRO?
HEY, ICH BIN GUT, SAGE ICH DIR!
HM, MAL ÜBERLEGEN…
VIEL-LEICHT MACHE ICH'S MIT EUCH BEIDEN!?
OKAY, WIE WÄRE ES MIT MIR?

STARR
INDIS-KUTABEL.
IRGENDWIE BIST DU ZU ANSTÄN-DIG.
SEX MIT DIR IST BE-STIMMT ÖDE.
ABER EINER WIE ICH IST BESTIMMT WAS GANZ NEUES FÜR DICH.
DER SEX WIRD ANDERS SEIN ALS DER, DEN DU BISHER HATTEST.
HAHA!
LUSTIG!
PRO-BIER'S DOCH AUS!
ANSCHEINEND VERSTEHT ER NICHT, WIE HEISS DU WIRKLICH BIST!
ZEIG'S IHM, MASHIRO.
HAHA...

VER-DAMMT...!
WARUM MUSS ICH MIT EINEM WIE DIR...
KEINE SORGE!
ICH HATTE DAS GEFÜHL, DU WARST IN DER KLEMME. DESHALB HAB ICH EINGE-GRIFFEN.
ICH HABE NICHT VOR, MIT DIR INS BETT ZU GEHEN.
ICH WÜRDE MICH AL-LERDINGS FREUEN, WENN DU VIELLEICHT EINE TASSE KAFFEE MIT MIR TRINKST.
PRFFT!

KA-KA...
KAFFEE? WIE ALT BIST DU, MANN?!
GAHAHAHAHA!
NA JA...
ICH WAR VIELLEICHT NICHT IN DER KLEMME, ABER...
... SIE HABEN GENERVT. INSOFERN HAST DU MIR GEHOLFEN...
NEIN ...
DU WILLST DOCH AUCH KEINEN SEX NUR ZUM SPASS, ODER?
WAS WEISST DU DENN VON MIR?

MASHIRO-SAN...
FLAPP
OTEL
WOMM

JETZT LERNST DU EIN PAAR DINGE...
... ÜBER MICH.
!
ENTSCHUL-DIGE...
MASHIRO-SAN...
MASHIRO-SAN!
SCHON GUT...
ICH MAG'S AUCH GERN BRUTAL!

...!
RASCHEL RASCHEL
O MANN ...!
IST DER GROSS ...!
DSCHBB.
NNNH.
GPPH.
PH.
SCHLL
SCHT SCHT

ドサ
WUMP
KNARZ

ENT-SCHULDIGE, MASHIRO-SAN...
ICH KANN JETZT NICHT MEHR AUF-HÖREN.

SLLRP.
KTSCH
KTSCH
TAST
FT
HEY ...
DU KANNST ABER ZIEMLICH GUT KÜSSEN!
IST MIR EINE EHRE.
MH.
NH!
JA, DA...
MACH DAS NOCH MAL!

AH!
AH!
DAS IST GUT!
...
MACH END-LICH ...!
IST GUT!
STECK IHN MIR REIN.
ICH HAB'S SOWIESO GERADE ERST GEMACHT.
ALSO IST ALLES NOCH WEICH.
TROTZ-DEM...

... ICH MÖCHTE, DASS ES SCHÖN FÜR DICH IST.

ICH HAB DIR DOCH GESAGT, ICH KANN JETZT NICHT MEHR AUFHÖREN.
WAS ZUM...
DU VERSTEHST DA WOHL IRGENDWAS FALSCH.
HÖREN WIR AUF!
NICHTS DA!

ICH...
ICH WILL DAS NICHT!
HALT'S AUS. ICH HAB DREI FINGER DRIN...
GLEICH GEHT'S.
MMMH!
ZUPP
AH!
NICHT!
NICHT...
AH!
ICH KOMME GLEICH!
NUR ICH...!
HH.
HH.
HH.
HH.

SIEH MICH NICHT AN...
DANN HALTEN WIR UNS EBEN...
... SO IM ARM.
GNH

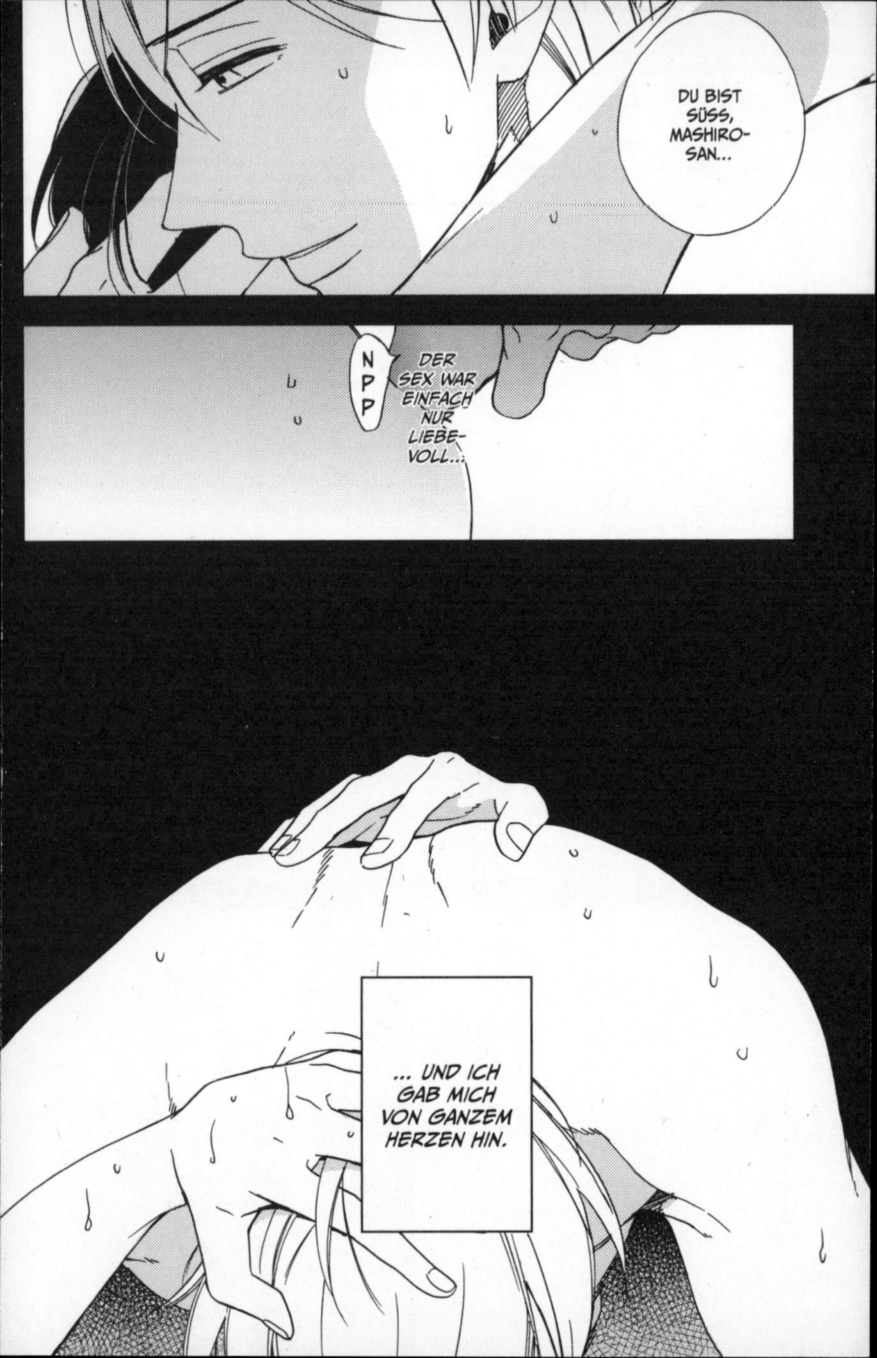
DU BIST SÜSS, MASHIRO-SAN...
NPP
DER SEX WAR EINFACH NUR LIEBEVOLL...
... UND ICH GAB MICH VON GANZEM HERZEN HIN.

NO
COLOR
BABY
WAKU OKUDA
PRESENTS

NO
COLOR
BABY
WAKU OKUDA
PRESENTS

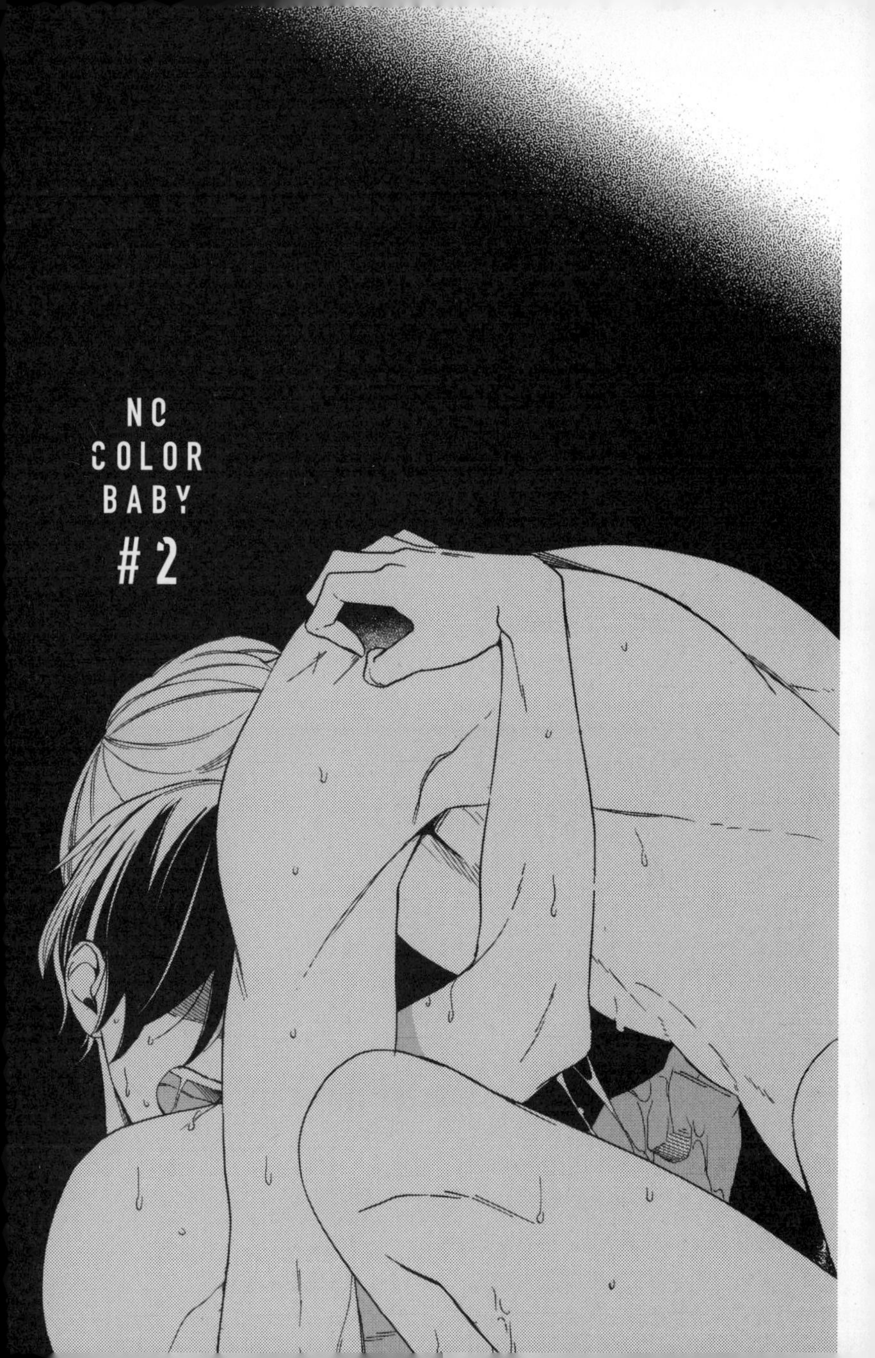
NO
COLOR
BABY
#2

BIST DU OKAY...
... MASHIRO-SAN?
ICH...
... WILL NICHT MEHR...
KEINE SORGE!
ICH MACHE DICH NUR SAUBER.
...!
!

RUH DICH EINE WEILE AUS.

WAS MACHST DU...?
ICH HAB DICH ANGE-SEHEN.
EIN VOM SEX MIT MIR ER-SCHÖPFTER, SCHLAFENDER MASHIRO-SAN...
ICH FAND, DU SAHST GLÜCKLICH AUS.

S...
SPINNST DU, ODER WAS? FÜR MICH...
... IST SO WAS ABSOLUT NICHTS BESON-DERES, KLAR?!
HIER, EIN BADE-MANTEL.
DU WIRST ...
... NICHTS ÜBER UNSE-REN SEX RUMER-ZÄHLEN!
GUT.
WENN DU SAGST, DASS ICH EINE ENTTÄUSCHUNG WAR ODER DASS ES NICHTS BESONDERES WAR ODER DASS DU MIT MIR GEMACHT HAST, WAS DU WOLLTEST...
... BRINGE ICH DICH UM!
HAST DU VERSTAN-DEN?!
SAGE ICH NICHT.

NACHDEM DU SO SÜSS UND UMWERFEND WARST, WESHALB SOLLTE ICH DAS...
... MIT IRGENDJEMANDEM TEILEN WOLLEN?
DAFÜR IST ES VIEL ZU SCHADE.
SO WAS GROSSARTIGES IST ES NUN WIRKLICH NICHT.

MICH HAT NOCH NIE JEMAND SO BEHANDELT…
DAS BRINGT MICH VÖLLIG AUS DEM TAKT…
DAMIT ICH DIR EINE REINHAUEN KANN, WENN DU PLAUDERST …
… BRAUCHE ICH DEINE NUMMER!
ÄHM, WIE HEISST DU?
DAICHI KIRIYAMA.
ANZIEH
MACH'S GUT!
MASHIRO-SAN…

KANN ICH...
... DICH NOCH MAL UMARMEN?
ICH HAB EIGENTLICH NOCH NICHT JA GESAGT...

WAS FÜR EIN SPINNER ...!
ALS GÄBE ES HIER IRGENDWO IRGEND-WAS...
... DAS MAN SO...
... LIE-BEVOLL UMARMEN MÜSSTE...

STILLE
KLAR, SIE SIND NICHT MEHR DA...
FLATSCH
DU-SCHEN ...
ACH, MUSS NICHT...
ER HAT MICH JA SAUBER GEMACHT ...

WARUM HAB ICH MICH SO LÄCHERLICH BENOMMEN?
BEI SO STINKNORMALEM SEX...

BLUBB
BLUBB
Eingehender Anruf
Mama
090-XXX-XXXX

WAS FÄLLT DIR EIGENTLICH EIN, MASHIRO?!
AKIHITO HAT SEINE STUNDE VERSÄUMT!
UND ER GEHT NICHT ANS TELEFON!
ER IST DOCH BEI DIR, ODER? WAS MACHT IHR?
AKIHITO IST NICHT BEI MIR, MAMA.
Mama
WO IST ER DANN?
WAS MACHE ICH DENN JETZT? ICH RUFE DIE POLIZEI ...
BERUHIGE DICH, MAMA.
ICH KANN MIR DENKEN, WO ER IST, UND GEHE IHN JETZT ERST MAL SUCHEN.
TU DAS BITTE!
IHM DARF AUF KEINEN FALL ETWAS ZUSTOSSEN.
MACH NICHT SCHON WIEDER SCHEREREIEN.

HALLO!
SHIT!
ER HAT ES GARANTIERT BEMERKT!
VERDAMMTER YOICHI! WILL ER MICH JETZT IGNORIEREN?
SOLL ICH ETWA BIS ZU SEINER WOHNUNG LAUFEN?!
WIE LÄSTIG ...!
ICH WILL SIE NICHT...
... ZUSAMMEN SEHEN...
FT.
Anruf
AH!

AAAAAAH!
AH! AH!
ICH KOMME!
ICH KOMME!
HM? WAS IST LOS? IST DAS GUT?
ICH WEISS NICHT!
KEINE AHNUNG. ABER NIMM DEINE FINGER DA WEG!
SICHER. ICH STIMULIERE DICH GERN NOCH MEHR.
XXXX
AH! AAAH!
NA LOS, LASS DEINEN BRUDER HÖREN, WIE DU KOMMST!

NII-SAN!
ES IST SO SELTSAM!
ICH KOMME GLEICH!
NII-SAN! NII-SAN!
CHR-CHR!
DER KLEINE IST SUPER!
ER REAGIERT SO ERFRISCHEND UND SÜSS!
KTSCH.
ICH LASS DICH SPÄTER MITMACHEN. ALSO STÖR UNS JETZT NICHT.
ICH KANN NICHT MEHR ...
BAHNHOF

MASHIRO-SAN!
HI!
IST IRGENDWAS?
DAS VERSTEHT SICH DOCH VON SELBST! ♪
ICH WILL...
...S-E-X! ♡

NEIN.
IST KLAR!
HAST DU NEULICH AUCH GESAGT UND DANN DOCH DEINE MEINUNG GEÄNDERT.
NEIN.
WARUM?
WEIL DU ENTTÄUSCHT WARST?

BEIM LETZTEN MAL HAB ICH MICH EINFACH NUR VON DIR NEHMEN LASSEN.
HAT DIR DAS KEINEN SPASS GEMACHT?
WENN ES DAS IST, DANN MACHEN WIR ES DIESMAL ANSTÄNDIG. EINVERSTANDEN?
WAS MÖCHTEST DU PROBIEREN? WAS HAST DU NOCH NIE GEMACHT? FESSELN? SPIELZEUG?
ICH MACHE ALLES, WAS DU...
ICH MÖCHTE, DASS ER MICH IN DEN ARM NIMMT.
ICH MÖCHTE MIT IHM VERBUNDEN SEIN.
ICH TU AUCH ALLES DAFÜR...
ICH KANN ALLES SEIN...

HH!

KIRI-YAMA-KUN ...
SIE HABEN ETWAS VERG...
AH!
I...
...DIOT!
DAS HIER IST KEIN HOTEL UND KEIN KLUB...
... SON-DERN DER BAHNHOF UM DIE ECKE!
DAS IST MIR EGAL.
DU WEINST. DAS IST DAS VIEL GRÖSSERE PROBLEM.

O MANN ...!
WAS REDEST DU FÜR UNSINN, MASHIRO-SAN?
ERINNERST DU DICH NICHT DARAN, WIE...
...AUFREGEND ICH ES FAND, MIT DIR ZU SCHLAFEN?

BZING
AH ... OKAY.
SCHON GUT.
ALSO ... ... CIAO!
?
CIAO!
GNH
MASHIRO-SAN?

SORRY, ICH...
ICH WEISS NICHT, WARUM ICH SO-FORT...
WIE PEINLICH!
ER-BÄRM-LICH!
ICH WOHNE GLEICH UM DIE ECKE.
DIE TOILET-TE ...
HIER!
ICH GEHE KURZ.

MIST!
WANN HAB ICH DAS LETZTE MAL MAS-TURBIERT ...?
FLUTSCH
FH.
...
IST DENN PAPIER DA, MASHIRO-SAN?
KLACK
?!

VORSICHT!
KOMM NICHT EINFACH REINGEPLATZT!
ICH WAR KURZ DAVOR ZU KOMMEN!!
ICH DACHTE, ES WÄRE BLÖD, WENN KEIN PAPIER DA IST.
NIMM ES BITTE.
ZUCK!
WARUM ...?
LASS DOCH!
ES GEHT ABER SCHNELLER, WENN ES EIN ANDERER MACHT, ODER?
ICH HELFE DIR NUR, DAS ZU ERLEDIGEN.

HA!
REIB
HA!
AH!
AH...
...!
!
SCHMIEG
HSS...
FH...
NTSCH.
NTS

ER ZUCKT.
DU KOMMST GLEICH.
...
HA!
HA!
DROP

HE, MACH AUF!
KLACKER KLACKER
HOL DIR NICHT ALLEIN EINEN RUNTER!
...
SLLLL
DA BIN ICH WIE-DER.
DU HAST ES DIR ERNST-HAFT SELBST BESORGT ...
WIESO REISST DU DICH DENN SO DARUM?

LIEBE IST GEBEN UND NEHMEN!
UM GELIEBT ZU WERDEN, MUSS MAN IRGENDETWAS VON SICH GEBEN.

NO
COLOR
BABY
WAKU OKUDA
PRESENTS

NO
COLOR
BABY

WAKU OKUDA
PRESENTS

ESSEN EINS!
SANDWICH EINS, ESSEN EINS.
JA!
ESSEN ZWEI.
KOMMT SOFORT.
NO COLOR BABY #3
MASHIRO-KUN... HAST DU EINEN MOMENT?
DAS LOCH IN DEINER SCHÜRZE!
AH, DIE HAB ICH NEULICH ANGE-SENGT...
DA KANNST DU DAS HIER DRAUF-KLEBEN!

DANKE!
NO COLOR BABY #3

Café an der Promenade
„LIEBE IST GEBEN UND NEHMEN."
GUT. DANN...
... DANN MÖCHTE ICH MIT DIR KAFFEE TRINKEN.

DAS HAST DU NEULICH GESAGT... ES WAR ALSO DEIN ERNST!?
TUT MIR LEID, DASS ICH KEINE MILCH HABE.
MACHT NICHTS ...
KOMI-SCHER TYP ...
WIESO SIEHT ER WEGEN SO EINER KLEINIG-KEIT...
... SO GLÜCKLICH AUS?
MASHI-RO-KUN!
WIR HABEN GERADE KAUM GÄSTE. DU KANNST ESSEN.

FRITTIERTES GEMÜSE MIT ANGEDICKTER BRÜHE
WAR LECKER!
HA, SCHÖN SÜSS...!
APROPOS... WOHER WEISS ER...
... DASS ICH MILCH IM KAFFEE TRINKE?
KRANG
WIE UNGEWÖHNLICH, DASS SIE SO SPÄT KOMMEN!
DER MITTAGSTISCH IST BEREITS BEENDET...
JA, WIR HATTEN EINEN NOTFALL ...
AH, DIE STAMMGÄSTE AUS DER XX-KLINIK ...
GAKONK
OH, ENTSCHULDIGUNG!
KEINE URS...

DU HAST MITTAGS-PAUSE.
HAB ICH EIN GLÜCK!
MASHIRO

ICH RAFF'S NICHT!
TUSCHEL
TUSCHEL
SEIT WANN BIST DU HIER?
IST NACH DER ARBEIT DIE GANZE ZEIT GEBLIE-BEN.
IST DOCH VOLL-KOMMEN EGAL!
ALSO, DU BIST STAMM-GAST BEI UNS...?!
JA...
DER LUNCH IM CAFÉ AN DER PRO-MENADE IST GÜNSTIG UND TROTZDEM REICHHALTIG!
DAS FRIT-TIERTE GEMÜSE WAR TOTAL LECKER!
UND DAS ESSEN IST KÖSTLICH – WIE ZU HAUSE SELBST GEKOCHT!

NEULICH IM KLUB HAB ICH DICH VON ANFANG AN BEMERKT.
ICH WOLLTE DICH EIGENTLICH NICHT ANSPRECHEN...
DOCH ALS ES SO AUSSAH, ALS HÄTTEST DU SCHWIERIGKEITEN, IST ES EINFACH PASSIERT.
AUSSERDEM KONNTE ICH NICHT ERTRAGEN, DASS DU BELEIDIGT WURDEST.
BELEIDIGT?
„SCHARF" IST EIN KOMPLIMENT!
DU HAST ES DOCH AUCH MIT MIR GEMACHT, WEIL ICH NACHTS EINFACH...
... SUPERSEXY BIN, ODER?
ICH GEBE ZU, ICH HATTE NICHT ERWARTET, DASS DU...
... IM BETT SO WUNDERBAR BIST...

DENNOCH ÄNDERT DAS MEINEN EINDRUCK VON DIR NICHT SO SEHR.
ICH DENKE, DU BIST EBEN DU.
WAS REDET DER DA ...?!
ICH DACHTE IMMER, WENN LEUTE, DIE MICH VON TAGSÜBER KENNEN, MEIN NÄCHTLICHES ICH KENNEN-LERNEN...
... WÄREN SIE BESTIMMT TOTAL ABGESCHRECKT, UND WENN MEINE NÄCHTLICHEN BEKANNTSCHAFTEN MICH TAGSÜBER SÄHEN...
... WÜRDEN SIE GARAN-TIERT IN LACHEN AUSBRECHEN.
ICH WEISS NICHT...
... WELCHER MASHIRO ICH IN SEINER GEGENWART SEIN SOLL...

WIE DEM AUCH SEI...! DU ERZÄHLST DEN LEUTEN VOM TAG...
... GEFÄLLIGST NICHTS ÜBER DIE NACHT UND DENEN VON DER NACHT...
... NICHTS ÜBER DEN TAG, KLAR?
SCHMERZ
? WAS HAST DU?
...
ICH HAB MICH HEUTE MITTAG VERBRANNT ...
ES TUT IMMER NOCH EIN BISSCHEN WEH.
WARST DU BEIM ARZT?
HÄ?
ICH HAB DIE STELLE GEKÜHLT...
WEGEN SO WAS GEHE ICH DOCH NICHT ZUM ARZT!
RAPS
LASS MAL SEHEN.
?!
IST DOCH NICHT NÖTIG!
SEI VERNÜNFTIG!
LASS MICH LOS!
...

FESSEL-SPIELCHEN, HM?
SO WAS GEFÄLLT DIR ALSO!
WENN KINDER ZU SEHR ZAP-PELN...
... MUSS ICH SIE MANCHMAL FIXIEREN, DAMIT ICH SIE BEHANDELN KANN.
PT

ICH TRAGE EINE SALBE AUF. DREH DICH BITTE AUF DIE SEITE.
...
WOHER KOMMT DIESE VERBRENNUNG?
AH?
ACH SO...
EIN KIND HAT KAFFEE VERSCHÜTTET...
... UND ICH STAND DANEBEN.
DU MAGST KINDER, NICHT WAHR?
...
WEISST DU NOCH?

EINMAL WAREN ELTERN EINES KINDES IM CAFÉ SO IM GESPRÄCH VERTIEFT UND HABEN NICHT MEHR AUFGEPASST...
DA IST ES NACH DRAUSSEN GELAUFEN UND HATTE EINEN KLEINEN UNFALL, WEISST DU NOCH?
DU HAST ES ALS ERSTER BEMERKT
...
DESHALB GING DAS GANZE GLIMPFLICH AUS, ABER DU...
„ER IST DOCH IHR KIND!"
„KÜMMERN SIE SICH UM IHN!"
ICH DACHTE, DIESER JUNGE MANN SEI WIRKLICH EIN LIEBER MENSCH!
LASS DAS!
SCHREI MEINE MAMA NICHT AN!

TUT MIR LEID!
SCHON GUT, MASHIRO-KUN.
OKAY.
ICH HATTE FÜR EINEN MANN NOCH NIE SOLCHE GEFÜHLE GEHABT...
DOCH SEIT DIESEM ZEIT-PUNKT...
... WOLLTE ICH DICH IMMER EINMAL IN DEN ARM NEHMEN.

DIE REIHENFOLGE IST SELTSAM ...
... WEIL WIR SCHON SEX HATTEN...
ICH HABE DICH DIE GANZE ZEIT GELIEBT.

ICH BIN...
... WIRKLICH KEIN SO GROSSARTIGER TYP.
DASS ICH WÜTEND GEWORDEN BIN, WAR REINER NEID.
ICH DACHTE, SIE HÄTTEN SICH DOCH GLEICH UM IHN KÜMMERN SOLLEN, STATT ZU HEULEN, WEIL ER FAST EINEN UNFALL HATTE!
DU WEISST JA, ICH STEHE AUF MÄNNER.
ICH KANN ALSO KEINE FAMILIE HABEN.
WAS IST MIT DEINEN ELTERN...
... UND GESCHWISTERN?
ICH BIN DER VERDORBENE SCHWULE ÄLTERE BRUDER...
... DER VON SEINEN ELTERN VERSTOSSEN WURDE, WEIL SEIN LOVER VERSUCHTE...
... SICH AN SEINEM JÜNGEREN BRUDER ZU VERGREIFEN.

MEIN BRUDER SPIELT GEIGE UND SO...
ER IST RICHTIG TALEN-TIERT...
DESHALB WAREN MEINE ELTERN IMMER TOTAL VER-NARRT IN IHN.
SIE SAGTEN, EINEN ÄLTEREN BRUDER MIT EINEM SCHLECH-TEN EINFLUSS AUF IHN KÖNNTEN SIE NICHT BRAUCHEN.
DA ICH URSPRÜNG-LICH EIN GUTER SOHN UND BRUDER GEWESEN WAR...
... ZÄHLTE ICH BIS DAHIN ZUMINDEST NOCH ZUR FAMILIE...
DEIN BRUDER ...
WENN DU EIN GUTER ÄLTE-RER BRUDER WARST, HAT DEIN BRUDER DOCH SICHER AN DIR GE-HANGEN!?
ONII-CHAN!
NII-SAN!

...
AKIHITO IST VERDORBEN.
ER HAT MIR NICHT NUR EINMAL...
... JEMANDEN WEGGENOMMEN, DEN ICH GELIEBT HABE.
AKIHITO HASST ES, WENN ER NICHT DIE NUMMER EINS IST.
DESHALB KANN ER NICHT ZULASSEN, DASS ICH MIT JEMANDEM ZUSAMMEN BIN.
ICH KANN NICHTS DAGEGEN TUN...
ICH WEISS, DASS SICH ALLE FÜR IHN ENTSCHEIDEN.
SO SIND EBEN MENSCHEN, DIE ES GEWOHNT SIND, GELIEBT ZU WERDEN.
SIE SIND UNBEKÜMMERT UND SELBSTBEWUSST.

WENN DU IHN KENNENLERNTEST, WÜRDEST DU IHN GARANTIERT AUCH LIEBEN.
SELBST WENN ES NICHT IN DIESEM SINNE IST...
NEIN, WÜRDE ICH NICHT.
ACH, DU BIST ALSO DIESER...
... BERÜHMTE KLEINE BRUDER?
ICH HAB IHN PER ZUFALL GETROFFEN UND EIN WENIG MIT IHM GEQUATSCHT ...
ER IST EIN NETTER JUNGE!

ICH MÖCHTE EIGENTLICH NICHT, DASS DU IHM ZU OFT BEGEGNEST.
KEINE SORGE!
DU BIST DER, DEN ICH LIEBE!
MIT EINEM KIND KANN ICH DOCH SO WAS HIER NICHT MACHEN!
ALSO KOMM. MACH DIE BEINE EIN BISSCHEN BREITER!
ER HAT MICH PLÖTZLICH ATTACKIERT!
DAS KANN NICHT SEIN!
ER SAGT, WENN ICH MICH VON DIR TRENNE, SEI ER BEREIT, ES ALS MISSVERSTÄNDNIS ANZUSEHEN.
RUF MICH NICHT MEHR AN!

TROTZDEM ...
... WIRD ER SICH GANZ SICHER NICHT FÜR MICH ENTSCHEIDEN.
DAS MENÜ.
ENTSCHULDIGUNG.
STELLEN SIE ES BITTE EINFACH HIN.
ER IST ERSCHÖPFT ...
HIER BITTE, RÖSTTEE.
ÄH, ICH HAB KEINEN BESTELLT.
ABER MASHIRO-SAN HAT GESAGT ...

NUR ALS DANK DAFÜR, DASS ER MICH BEHAN-DELT HAT!
Daichi
Sollen wir uns heute Abend treffen?
Es wird nicht lange da
so gegen 10 Uhr viel

KOMMST DU AUCH MAL?!
ENTSCHUL-DIGE! ES HAT LÄNGER GEDAUERT, ALS ICH DACHTE...
DU BIST JA TOTAL MÜDE.
WORUM GEHT'S DENN?
ACH SO, JA...
VIELEN DANK...
... FÜR DEN TEE.
DAS WAR ALLES?!

DOCH ICH HABE MICH SO DARÜBER GEFREUT...
UND DAS WOLLTE ICH DIR SAGEN...
ENTSCHULDIGE BITTE, DASS ICH DICH DESHALB SO LANGE HABE WARTEN LASSEN! JETZT IST DIE LETZTE BAHN WEG...
ACH, MACHT NICHTS...
ABER DAFÜR ÜBERNACHTE ICH BEI DIR, KLAR?
JA.
NIMM DU DAS BETT, MASHIRO-SAN...
DU SPINNST WOHL! DU SCHLÄFST IM BETT!
ABER ...
...
...

WARUM IST JETZT DAS DABEI RAUSGE-KOMMEN?!
VER-DAMMT ...!
ICH KANN NICHT SCHLA-FEN...
DIESE SANFTE KÖRPER-WÄRME...
... SO DICHT NEBEN MIR...
STOP-PELN ...

KANNST DU NICHT SCHLAFEN?
D-DU BIST WACH ...?!
BUBB
BUBB
WER KÖNNTE SCHLAFEN, WENN ER MIT DER PERSON, DIE ER LIEBT...
... IM SELBEN BETT LIEGT.
SELBST WENN ICH MICH LÄCHERLICH MACHE...
... IST ER IMMER SO, ALSO...
POFF
JA, ES IST...

... AUCH FÜR MICH DAS ERSTE MAL, DASS ICH MIT JEMANDEM ZUSAMMEN SCHLAFE.
DARUM KANN ICH VOR AUFREGUNG NICHT EINSCHLAFEN.
ICH GEHE NACH HAUSE.
DIE ERSTE BAHN FÄHRT BALD.
MASHIRO-SAN...

SCHLAF GUT, JA?
HEIM-KEHR AM FRÜHEN MORGEN, OHNE DASS WAS PASSIERT IST...
STECHENDE SCHMERZEN AM GANZEN KÖRPER...
... EIN ÜBER-STRAPA-ZIERTER HINTERN...
... ER-SCHÖPF-FUNG...
DIESE DINGE BESCHÄF-TIGEN MICH AUSNAHMSWEI-SE MAL NICHT. DOCH DAFÜR...

MASHIRO-SAN!
HEIMKEHR IN ALLER FRÜHE?

ICH WOLLTE MICH ALLMÄHLICH MAL WIEDER UM DICH KÜMMERN. DARUM BIN ICH HERGE-KOMMEN, ABER...
... DU TREIBST DICH OFFENBAR RUM, WIE ICH'S DIR EMPFOHLEN HABE!
YOICHI ...

NO
COLOR
BABY
WAKU OKUDA
PRESENTS

NO
COLOR
BABY
WAKU OKUDA
PRESENTS

YOICHI IST EIN EGOIST...

... UND ALLES ANDERE ALS LIEBEVOLL, ABER...

... ANGESICHTS DER KRAFT, MIT DER ER MICH NAHM...

... HATTE ICH DAS GEFÜHL, BEGEHRT ZU WERDEN, UND WAR GLÜCKLICH.

WENN MEINE SEELISCHEN BEDÜRFNISSE BEFRIEDIGT WERDEN, STELLE ICH MEINEN KÖRPER GERN ZUR VERFÜGUNG.
NO COLOR BABY
#4

LOS, KOMM JETZT!
IST DOCH SUPER, WENN DU ES GERADE MIT EINEM ANDEREN GEMACHT HAST.
ICH HAB SOWIESO LUST, ES ENDLICH MAL WIEDER RICHTIG HART ZU TREIBEN.
...!
H...
HÖR AUF!

WAS DENN? SCHMOLLST DU ETWA?
SLIP
SCHON GUT.
ICH WERDE ES DIR GLEICH RICHTIG BESORGEN.
SPRITZ
GNH
...!
GTSCH GTSCH
GTSCH GTSCH TSCH

DAS SOLLTE REICHEN...
NTSCH
GH
TSS!
IST DAS ENG! ENTSPANN DICH, MANN!
HA!
HA!
HA!
GH
GH

BATSCH
QUIETSCH
PANG
DSCHUPP
PANG
DSCHUPP
DSCHUPP
PANG
QUIETSCH
ICH WERDE BEGEHRT.
ICH MUSS MICH EINFACH NUR WIE IMMER MISS-BRAUCHEN LASSEN.
AH!
AH!
OH!
LANG-SAM KOMMST DU IN FAHRT, HM?
NTSCH
GNH
NTSCH
GUPP

SO!
BATSCH
AAAAH!
ZITTER
DROP DROP DROP
LOS, LASS IHN WIEDER STEHEN!
WER WÜRDE MICH BEGEHREN, WENN ICH NICHT SO WÄRE?
KÖRPERLICHE SCHMERZEN SIND BEDEUTUNGSLOS, WENN MEINE SEELISCHEN BEDÜRFNISSE BEFRIEDIGT WERDEN.
UH!
GH.
HUST HUST HUST
WARUM ALSO...
... SCHMERZT MEIN HERZ VIEL SCHLIMMER?
DREH DICH UM!
ICH FICKE DICH NOCH MAL ORDENTLICH DURCH.

GNNH
WAS IST DAS FÜR EIN FLECK?
NNH.
NNH.
ANSCHEI-NEND HAST DU JA DOCH RICHTIG SPASS GEHABT, WAS?
HAPP
HH.
HH.
HH.

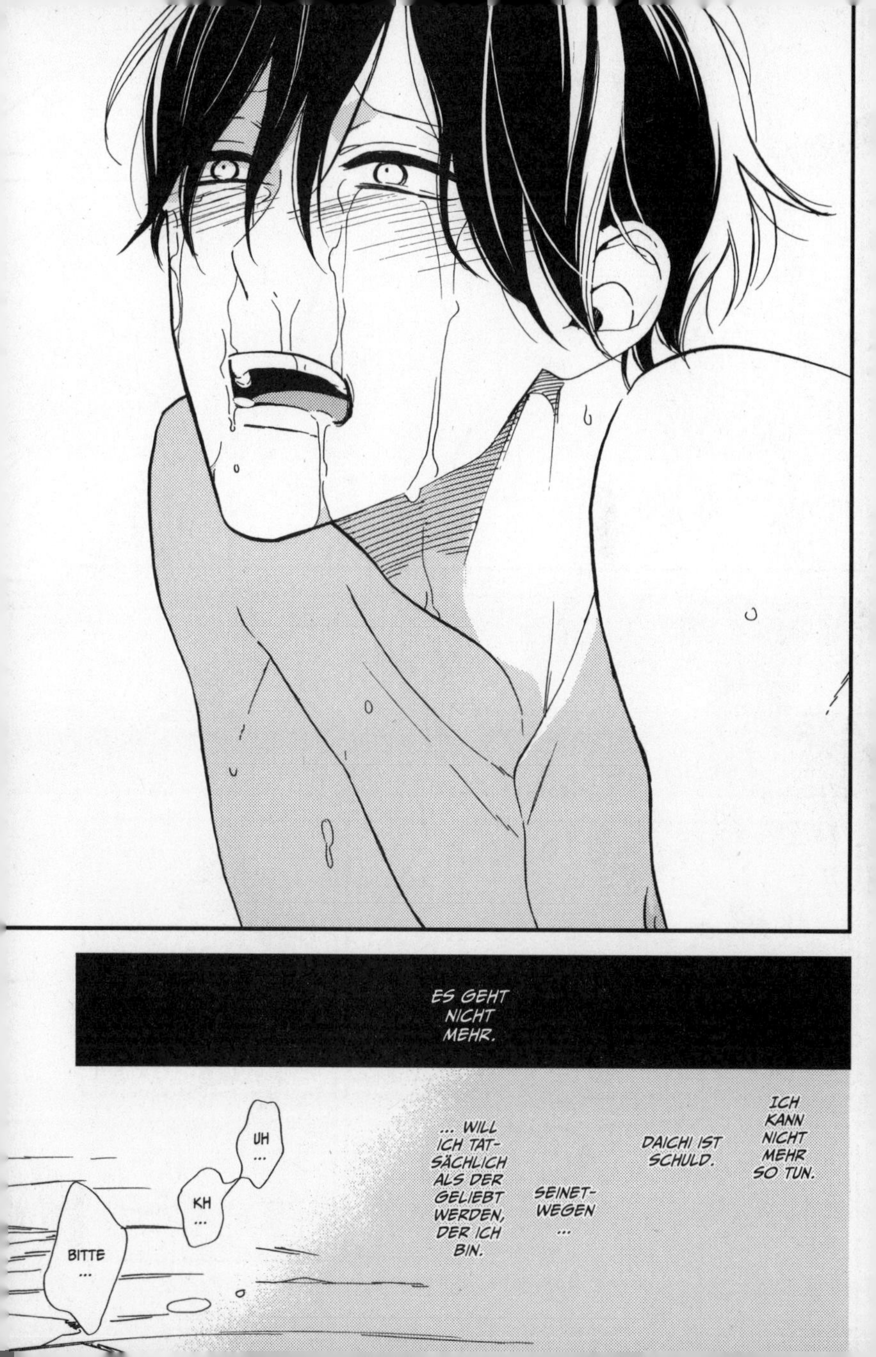

ES GEHT NICHT MEHR.
ICH KANN NICHT MEHR SO TUN.
DAICHI IST SCHULD.
SEINETWEGEN ...
... WILL ICH TATSÄCHLICH ALS DER GELIEBT WERDEN, DER ICH BIN.
UH ...
KH ...
BITTE ...

KH.
BITTE ...
HCK.
HÖR BITTE AUF!
!
I...
ICH HAB MICH IN JEMANDEN VERLIEBT.
SCHLUCHZ
SCHLUCHZ
VER-LIEBT?
DASS DU SO WAS SAGST ...!
NA JA, WIE AUCH IMMER...! GENIESS ES EIN-FACH!
DU STEHST DOCH SO AUF SEX!
HAPP
ICH WERDE EBEN SACHEN MIT DIR MACHEN, DIE DU MIT IHM NICHT MACHEN KANNST ...

WOMM
NRRR
I...
ICH STEHE NICHT AUF SEX...
ICH KONNTE DAS ALLES NUR DESHALB, WEIL ICH DAFÜR VON DER PERSON BEGEHRT WURDE, DIE ICH LIEBTE.
QUATSCH! SO BIST DU DOCH GAR NICHT!
DOCH!
DIE GANZE ZEIT...
... WOLLTE ICH SEX...

... AUCH IMMER NUR MIT DIR.
UND DESHALB ...
... WILL ICH ES JETZT NICHT MEHR.

O MANN, DAS NERVT!
DA VERGEHT'S EINEM JA.
ICH HAB NICHT GEDACHT, DASS DU SO EIN BIEDERER TYP BIST.
DU WILLST ES NUR MIT DEM MACHEN, DEN DU LIEBST?
DAS IST MIR ZU BELASTEND.
ICH WEISS.
SO BIST DU.
DESHALB KONNTE ICH ES DIE GANZE ZEIT NICHT SAGEN.
ZERR

LECK
...
NLLL.
LLL.
HH.
TROTZDEM ...
HAT SCHON SPASS GEMACHT MIT DIR.
DOCH WENN'S IN DIE RICHTUNG GEHT, BIN ICH RAUS.
DA SOLL SICH MAL DER NEUE KERL DRUM KÜMMERN.
MACH'S GUT!
KLIMPER

ER IST EIN TYP, DER EINFACH KEINER-LEI EM-PATHIE ...
... UND KEIN MITGE-FÜHL FÜR ANDERE BESITZT, ABER...
... ES WAR SONST NIEMAND DA.
DAMALS HABE ICH IHN GE-BRAUCHT.
QUIETSCH
...!
TROPF
ICH MUSS ZUR ARBEIT ...
ALLES OKAY, MASHIRO-KUN?
DU BIST GANZ BLASS!

ALLES GUT!
SCHMERZ
SCHWANK
KRACH
MASHIRO-SAN!

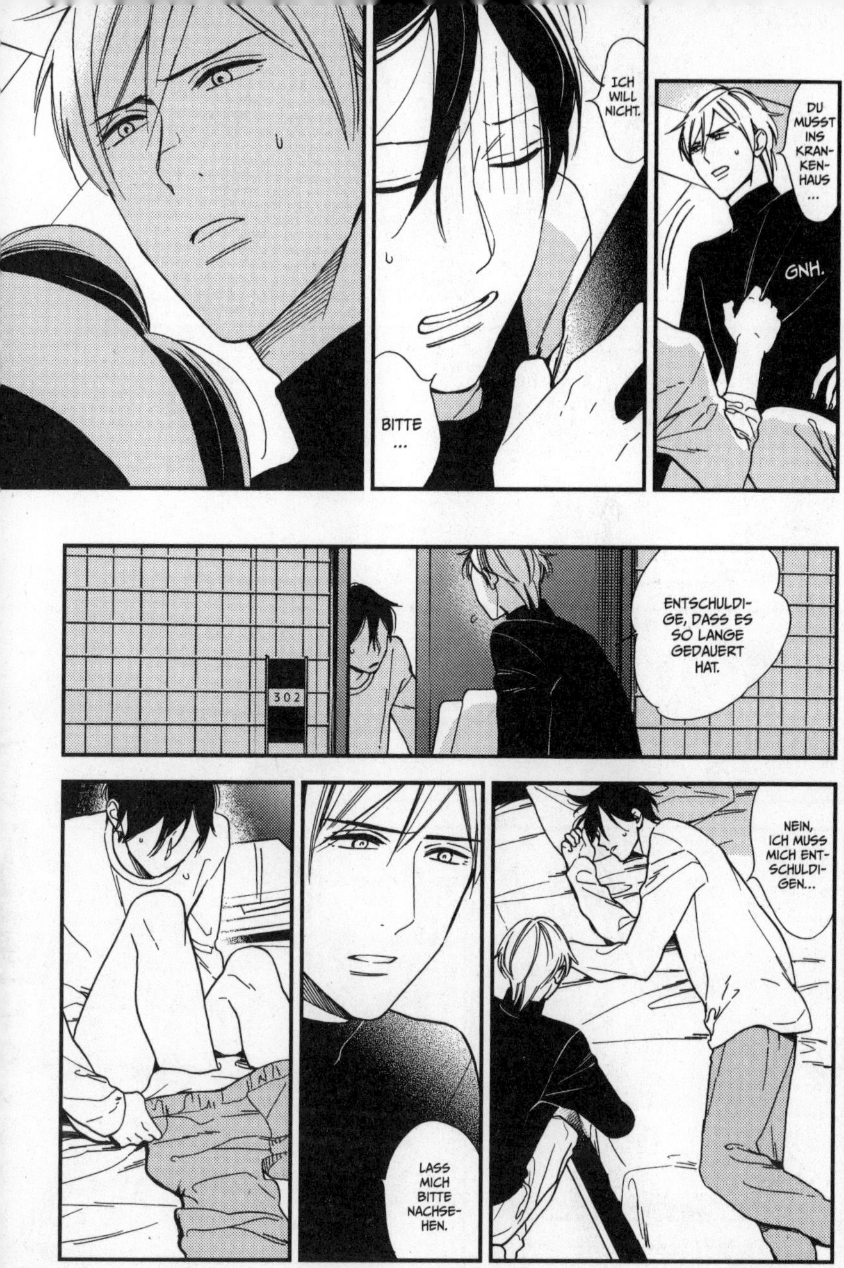

DU MUSST INS KRANKENHAUS ...
GNH.
ICH WILL NICHT.
BITTE ...
ENTSCHULDIGE, DASS ES SO LANGE GEDAUERT HAT.
302
NEIN, ICH MUSS MICH ENTSCHULDIGEN...
LASS MICH BITTE NACHSEHEN.

...
IST ER WÜTEND ...?
BEHANDELT GERADE.
WIR SOLLTEN IHN AUF JEDEN FALL AN-ZEIGEN.
DAS WAR DEIN LOVER, ODER?
!
N...
NEIN, LASS.
ICH HAB MICH SOWIESO VON IHM GETRENNT.
GE-TRENNT?

GNH.
BUBUMM BUBUMM
ICH MÜSS ES IHM SAGEN.
BEI YOICHI HABE ICH ES JA AUCH HINBEKOM-MEN.
DAICHI HAT SCHLIESS-LICH GE-SAGT, DASS ER MICH LIEBT.
ABER...
... ER SIEHT GERADE MIT EIGENEN AUGEN, WIE ÜBEL MEIN KÖRPER VON EINEM ANDEREN KERL ZU-GERICHTET WURDE.
ER IST DOCH JETZT...
... BE-STIMMT VON MIR ENT-TÄUSCHT?
IST ER NICHT DESWEGEN GERADE SO WÜTEND?
ICH HABE SCHRECKLICH ANGST DAVOR, IHM MEIN WAHRES ICH ZU ZEIGEN.
MAN WIRD VIEL WENIGER VERLETZT, WENN MAN...
... GENAU SO IST, WIE DER ANDERE ES HABEN MÖCHTE.
ABER ICH WOLLTE IMMER ETWAS, WAS JENSEITS DAVON LIEGT...
I...

ICH HABE MICH IN DICH VER-LIEBT.
L...
LACH NICHT...
ES IST MIR ERNST.
VIELLEICHT GLAUBST DU EINEM WIE MIR...
... SO ETWAS WIE LIEBE NICHT, ABER...

ICH LIEBE DICH.
ICH GLAUBE ES NICHT.
ZUCK

WA ... WARTE BITTE EINEN MOMENT.
ICH BIN SO FROH.
GNH
DENN EGAL, WEN DU GELIEBT HÄT-TEST...
ICH WAR FEST ENT-SCHLOSSEN, DICH IHM WEGZUNEH-MEN.

IMMER NOCH...
... KOMMT ES MIR VOR, ALS TRÄUMTE ICH EINEN ALLZU SCHÖNEN TRAUM.
DASS ES JEMANDEN GIBT...
... DER SO FÜR MICH EMPFIN-DET...

MH.
MH.
KFH.
MH.
MH.
FH.
FH.
SLLL.
TAST
W...
WARTE BITTE, MASHIRO-SAN.
HEUTE GEHT ES NICHT!
DEIN KÖR-PER...
DAS MACHT MIR NICHTS AUS...

ICH MÖCHTE SEX MIT DIR.
ICH TU ALLES...
... WEIL ICH DICH LIEBE!
MIT DIR...
... MACHT MICH BESTIMMT AUCH BRUTALER SEX GLÜCKLICH.

DAS IST ZWAR SEHR SÜSS VON DIR, ABER...
... SO IST SEX NICHT.
GUT. UND WIE SOLL SEX DANN SEIN?
IMMERHIN KOMME ICH JEDES MAL!
GHGH
WIR FANGEN HEUTE ERST AN. DESHALB ...
... WERDE ICH ES DIR BALD GANZ GENAU ZEIGEN.
ALSO LASS UNS JETZT ERST MAL SCHLAFEN.
MH.
WENN DU DA BIST, KANN ICH GAR NICHT SCHLAFEN...
AUSSERDEM IST ES ENG ...
WIE SOLL ICH SCHLAFEN KÖNNEN?!
SO WAS HIER IST DOCH NICHT BEFRIEDIGEND...

SONATE
IHR HABT EUCH GETRENNT?
HMMM...
JA...
ER HAT SICH VERLIEBT, SAGT ER.
WER IST DER TYP?
TJA ...
ER HAT IHN WOHL IM KLUB KENNENGELERNT...
VIELLEICHT KENNE ICH IHN SOGAR.
ACH, GENAU!
ER HAT SICH DEINETWEGEN GEDANKEN GEMACHT.
HÄ?
BITTE TRIFF DICH NICHT MEHR MIT AKIHITO. PASSIERT IST PASSIERT, ABER MEIN BRUDER HAT KEINE AHNUNG, WAS ER TUT.
ICH LÖSCHE JETZT DEINE NUMMER.

ICH GLAUBE ALLERDINGS, DASS DU ZIEMLICH GUT WEISST, WAS DU TUST.
FLATSCH
ICH DACHTE, IHR ÄHNELT EUCH...
DOCH IHR ÄHNELT EUCH GAR NICHT, IHR ZWEI.
SCHIEB
ICH BIN FERTIG...
... MIT DIR.

* HÖFLICHERE VERSION VON „NII-SAN"

NO
COLOR
BABY
WAKU OKUDA
PRESENTS

BABY

NO
COLOR
BABY
WAKU OKUDA
PRESENTS

CO

NO
COLOR
BABY
#5

SENF
SENF
BRAUNER SENF
SE
SENFSPINAT
SENFSPINAT
OH...
SENFSPINAT IST GÜNSTIG!
UNSERER WERBUNG
ICH GLAUBE, ICH HABE NOCH TOFU ZU HAUSE...
ICH KÖNNTE EINEN SALAT ...
VIELLEICHT EIN BISSCHEN LANGWEI-LIG...
... ABER ...
SENF
RASCHEL

DA BIST DU JA WIEDER...
... NII-SAN!
?!
A...
AKIHITO?
FLATSCH
MACH DOCH NICHT SO EIN GESICHT!
DA WERDE ICH GANZ TRAURIG!

DEINE SACHEN SIND RUNTERGEFALLEN.
REZEPT
EL ZUR EINNAHME
FÜR AKIHITO 様
1日 回 3 X TÄGLICH
PLUMPS
DAS IST DAICHIS KLINIK ...
WARUM ...
WIESO ...
SCHON WIEDER ...
OH, DAS?
MACH DIR KEINE SORGEN!
ICH HAB ZU VIEL GEÜBT UND HATTE SCHMERZEN IN DER HAND...

DIE HABE ICH VON EINEM SUPER FREUNDLICHEN ARZT IM KLINIKUM BEKOMMEN.
ARZNEIMITTEL ZUR EINNAHME
FÜR AKIHITO
3 X TÄGLICH
ER WAR TOTAL NETT...
DU BRAUCHST DICH NICHT ZU VERSTELLEN.
DU HAST DAICHI GETROFFEN, ODER?
HÖR BITTE DAMIT AUF!
WIESO...
... TUST DU DAS IMMER?
DU BIST SELBST SCHULD DARAN, WEIL DU IMMER NUR ANDERE KERLE BEACHTEST.
DABEI LIEBE ICH DICH AM ALLERMEISTEN.
SCHLIESSLICH HAT KEINER VON IHNEN SICH AM ENDE FÜR DICH ENTSCHIEDEN, STIMMT'S?

DAICHI IST ANDERS.
DAICHI HAT GESAGT, DASS ER MICH LIEBT.
HM ...
WAS SOLL ICH NUR TUN, DAMIT DU MEINE GEFÜHLE VER-STEHST?
WOMM

ドッ
DOCK
DONK
VIELLEICHT SOLLTE ICH DICH FICKEN!?
SEX FÜHLT SICH GUT AN, NICHT WAHR?
DAS HAB ICH ENDLICH VERSTANDEN, JETZT, WO ICH ES SELBST AUSPROBIERT HABE.
DU STEHST ANSCHEINEND TOTAL AUF SEX...

ICH HATTE FRÜHER EINEN ZWEIT-SCHLÜSSEL FÜR DEIN ZIMMER...
... UND HABE DICH OFT BEIM SEX BEOB-ACHTET.
?!
ICH HAB MICH GEFRAGT, WARUM DU SO SEHR AUF SO WAS STEHST.
DU HÄTTEST STATTDESSEN LIEBER MIT MIR ZUSAMMEN SEIN SOLLEN.
ABER JETZT VERSTEHE ICH DICH.
ICH WERDE ES DIR GUT BESORGEN, NII-SAN.
WACK !

AUA ...
T...
TUT MIR LEID!
KEINE SORGE! ICH HAB ES VON YOICHI GELERNT! ♪
WUMP
ER SAGT, DU MAGST ES EIN BISSCHEN BRUTAL.
AKIHITO!
O MANN ...!
GONK
HÖR AUF, AKIHITO ...

WENN DU NICHT VERNÜNFTIG BIST, VERLETZE ICH MEINE FINGER.
UND ICH SAGE MAMA UND PAPA, DASS DU DAS WARST.
ALLE WERDEN MIR GLAUBEN.
WAH! SEXY-NIPPEL!
OKAY, DANN BRECHE ICH SIE DIR.

AH ... HERR DOKTOR!
SIE WAREN MIT NII-SAN VERABREDET, NICHT WAHR?
JA, ICH BIN ZUM ABENDESSEN EINGELADEN...
GNH
ICH WEISS, WIE ICH SIE DIR BRECHEN MUSS, DAMIT DU SIE NIE WIEDER BENUTZEN KANNST.
OB DICH JEMALS WIEDER JEMAND BRAUCHT...
... WENN DU DAS NICHT MEHR HAST?
... DAS KÖNNEN SIE GAR NICHT!
WENN SIE DAS TUN, SIND SIE GESELLSCHAFTLICH ERLEDIGT!

IST MIR RECHT.
WENN MASHIRO-SAN SO VON DIR BEFREIT WIRD...
TSK TSK
KNACK
DAICHI ...
HÖR AUF, DAICHI!
DU BRAUCHST DAS NICHT FÜR MICH ZU TUN!

DU BIST WICHTIGER ALS ALLES ANDERE.
ER HAT SICH FÜR MICH ENT-SCHIE-DEN.
AKI-HITO ...
HAU AB.
ER MEINT ES ERNST.
HÄ?
UND ...
... KOMM NIE WIE-DER.

ICH WILL NICHT, DASS DAICHI MEINETWEGEN ÄRGER KRIEGT...
DESHALB KÜMMERE ICH MICH SELBST DARUM.
ES IST MIR...
... NICHT MEHR EGAL, MIT WEM ICH ZUSAMMEN BIN.
ICH WILL DAICHI.
HUÄH!
HICK.
HICK.
WIESO ENTSCHEIDEST...
... DU DICH FÜR IHN?
DU BIST DOCH GAR NICHT SO!
DU WARST IMMER LIEB ZU MIR... HICK.
DU HAST ALLES FÜR MICH GETAN!
TUT MIR LEID...
... DASS ICH NICHT DER IDEALE BRUDER FÜR DICH SEIN KANN.

DIESEN BRUDER...
... HAT ES VON ANFANG AN NIE GEGEBEN.
VIELLEICHT WAR ICH ES...
... DER AKIHITO VERDORBEN HAT.

WEIL ICH IMMER SO GETAN HABE, ALS WÄRE ICH DER GROSSE BRUDER, DEN ER SICH WÜNSCHT ...
JETZT HAST DU IHM JEDOCH DIE WAHRHEIT KLARGE-MACHT...
... UND NUN LIEGT ES AN IHM SELBST.
ES IST SCHLIESS-LICH NICHT SELBST-VERSTÄND-LICH...
... DASS ANDERE MENSCHEN FREUNDLICH SIND.
ABER ...
... DU BIST FREUNDLICH.
DU WARST ES...
... IMMER, VON ANFANG AN...

LECK
BFF
IST WAS DRAUF-GEKOM-MEN?
AH, MEIN PULLI...
SPI...
ICH TRINKE DOCH GERADE KAFFEE...!
TAST
TIPP
ZUCK
AH...
TSS.
DRUCK
!
GHGH
...

DA...
HH.
DAICHI ...?
DU BRINGST MICH IN SCHWIE-RIGKEITEN, WENN DU SO WEHR-LOS BIST!
ICH WARTE DOCH DIE GANZE ZEIT AUF EINE GELEGEN-HEIT!
WIE GEHT ES DEINEM KÖRPER?
SSS.
W...
WIEDER OKAY...

HH.
HA.
KH.
FH.
ES IST, ALS WÜRDE ER MICH BEIM KÜSSEN ZUSAMMEN MIT JEDEM ATEMZUG EINSAUGEN...
MIR WIRD SCHWUMMRIG IM KOPF...
HH.
HH.
ERNST
AUWEIA ...!
BEIM KÜSSEN BIN ICH SCHON FAST DURCHGEDREHT.
N...
NANU!

ZITTER
E...
ENTSCHULDIGE. ICH BIN...
... WOHL IRGENDWIE NERVÖS...
WAS MACHE ICH DENN HIER AUF UNSCHULDIG...?
ABER ICH ERINNERE MICH...
... AN JENE NACHT...
... UND DIE LUST, ALS ICH MICH SELBST VERGASS...
RASCHEL
DEINE HÄNDE ...

WENN DU JEMANDEN UMARMST, WIE WÄRE ES DANN MIT MIR?
PH.
LECK
MH.
AH!
SEINE FINGER UND SEINE ZUNGE WANDERN ÜBER MEINEN GANZEN KÖRPER...
... VORSICHTIG UND SORGFÄLTIG...
ES IST, ALS WÄRE ICH...
SSS.
... AUF EINMAL ETWAS WERTVOLLES...

MOMENT ...!
DU MUSST DAS NICHT MACHEN!
REIB
FÜHLT ES SICH NICHT GUT AN?
A...
ABER DAS HAT NOCH NIE...
... JEMAND BEI MIR GEMACHT ...
DANN IST ES JA FÜR UNS BEIDE DAS ERSTE MAL.
GPPH

AH!
じゅぷっ
DSCHPP
AH!
DSCHPP
じゅぷ
AH!
DSCHPP
じゅぽ
DSCHPP
AH!
じゅぷ
AH!
NLL
NLL
NPP
NICHT!
NICHT!
DAS DARFST DU NICHT ...
LASS MICH LOS, DAI...
GTSCH
GTSCH
GTSCH

PITSCH
UH!
UH!
TU...
HICK
TUT MIR LEID ...
KH.
WIESO ENTSCHULDIGST DU DICH?
ICH FREUE MICH, DASS ES SCHÖN FÜR DICH WAR.
LECK
ST...
STECK IHN JETZT REIN!
DU SOLLST AUCH DURCH MICH SCHÖNE GEFÜHLE HABEN...
NOCH NICHT ...
ICH MÖCHTE DICH NOCH ETWAS WEITEN ...
AH!
WA ...
NUPP
WARUM ...

AH!
GTSCH
AH!
GTSCH
GTSCH
TSCH
AH!
DU HAST GANZ ROTE OHREN!
KNABBER
SÜSS!
ICH HABE MICH BEREITS IN ALLEN ER-DENKLICHEN PEINLICHEN SITUATIONEN BLOSSGE-STELLT...
WIESO SCHÄME ICH MICH JETZT VOR DAICHI?
REIB
ZUCK
HIER IST ES GUT, ODER?
NGH.
NGH,
JA...
OB ES DARAN LIEGT, DASS ER...
... MICH WIRKLICH ANSIEHT?
ALLES, WAS ER MACHT, MACHT ER BEHUT-SAM...

NÜCHTERNER SEX IST PEINLICH.
DENN DIE PERSON, DIE OHNE JEDE SCHAM ALLES TUN KONNTE, DAS WAR NICHT ICH.
JETZT BIN ICH...
... HIER MIT DAICHI, OHNE IRGENDETWAS ZU VERSTECKEN...
MASHIRO-SAN...
RASCHEL
KNISTER
KNISTER
RITSCH

WENN ES SO WEITER-GEHT...
... WAS WIRD DANN AUS MIR WERDEN?
DASS ER MEINE GUTEN SEITEN UND EINFACH ALLES ÜBER MICH ERFÄHRT...
... MACHT MIR ANGST.
MA-SHIRO-SAN ...
ICH LIEBE DICH...

WEIL DAICHI MICH IMMER...
... BESÄNFTIGT, WENN ICH FEIGE BIN...
LASS UNS ZUSAMMEN SCHÖNE GEFÜHLE HABEN...
STECK IHN REIN ...
MASHIRO-SAN...!
GH.
AH...
AH...
NGH.
...!

PT.
ICH GLAUBE ES NICHT ...
...
!
AH!
PAMM
NAH.
AH!
PAMM
PAMM
AH!
A...
AH!
NTSCH
AH!
NTSCH
NTSCH
SPRITZ
AAAH!

TUT MIR LEID...
TUT MIR LEID!
SPRITZ
SPRITZ
SPRITZ
BITTE VERACHTE MICH NICHT!
PAMM
W...
WEIL ICH SO REAGIERE ...
AH!
DASS ICH MEGA-SCHARF BIN...
AH!
PAMM
OBWOHL ICH EIGENT-LICH WILL ...
HH.
HH.
PAMM
... DASS ES FÜR DICH SCHÖNER IST...
... HABE NUR ICH SCHÖNE GEFÜHLE ...
GNH
...!
ICH WILL DOCH GAR NICHT SO REAGIE-REN...
KNIRSCH

ZEIG MIR MEHR ...
... VON DIR.
NH
NRRR
!
ICH WILL ALLES SEHEN.
GH.
NICHT!
ICH KOMME SCHON WIEDER!
ICH KOMME!

GNNNH
...!

HH.
HH.
HH.
MASHIRO-SAN ...
BIST DU OKAY?
...
DANKE...
KICHER
DU BEDANKST DICH?
WEIL ICH GLÜCKLICH BIN...
SEX MIT DEM MENSCHEN, DEN MAN LIEBT...

DIESER SEX MACHT EINEN GLÜCKLICH...
...
JA.
TONK
DES-HALB ...
REIB
... MACHEN WIR'S NOCH MAL...
JA ...

GNH.
WAH!
HAST DU MICH ER-SCHRECKT!
WAS IST DENN?
ICH DACHTE, DU LÖST DICH AUF. DESHALB ...
HÄ?
MANN, DAS IST PEINLICH ...!
DU BIST ZART.
SO ZART BIN ICH NUN WIRKLICH NICHT.
UND HÜBSCH ...
... UND DURCH-SCHEI-NEND...
DESHALB HABE ICH GEZÖGERT, DICH ZU BE-RÜHREN...
... UND DICH IMMER NUR BEO-BACHTET.

ABER JETZT LASSE ICH DICH NICHT MEHR LOS.
DAICHI VERSTEHT WAHRSCHEIN-LICH NICHT...
... DASS DAS FÜR MICH...
... EIN UNGLAUB-LICHES VERSPRE-CHEN IST.
TROPF
TROPF

DIESER IN BUNTEN TÖNEN SCHIL-LERNDE MANN...
... HATTE IN WAHRHEIT EINE KLARE, DURCH-SCHEINENDE FARBE...

ICH LIEBE SIE, DENN SELBST DIE FARBEN ANDERER MENSCHEN, DIE ER DURCH SICH HINDURCH-SICKERN LIESS...
... VER-MOCHTEN IHRE DURCH-SCHEINENDE KLARHEIT NICHT ZU TRÜBEN.

NO
COLOR
BABY
WAKU OKUDA
PRESENTS

BABY

NO
COLOR
BABY
WAKU OKUDA
PRESENTS

CO

MASHIRO, DU BIST IN LETZTER ZEIT SO VERÄNDERT!
NO COLOR LOVER
JA …?
ICH WEISS, DU BIST NETT, WENN MAN SICH MIT DIR UNTERHÄLT, ABER...
NUN JA, DU HAST NUN MAL SO EIN HÜBSCHES GESICHT …
… UND WIRKST AUF DEN ERSTEN BLICK ETWAS STRENG UND DADURCH UNNAHBAR, WEISST DU?
DOCH IRGENDWIE IST DIESE UNNAHBAR-KEIT VER-SCHWUN-DEN...
... UND DU WIRKST SO ENT-SPANNT!
HAT SIE ZU MIR GESAGT.
ES IST MIR SELBST NICHT BE-WUSST, ABER …
… ICH HAB MICH GEFRAGT, WIE DAS WOHL KOMMT …

... UND DENKE ...
... ES KÖNNTE DARAN LIEGEN, DASS ICH JETZT MIT DIR ZU-SAMMEN BIN.
WEIL ICH...
... GERADE UNHEIMLICH GLÜCKLICH BIN...
DAS...
... MERKT MAN MIR VIELLEICHT AN...
AH!
ZUCK
MH.
MH.

GTSCH GTSCH
TSCHCK
SLIP
UWAH!
RASCHEL
ALLES IN ORDNUNG?
J...
JA ...
IN LETZTER ZEIT ZIEHST DU SOLCHE KLAMOTTEN GAR NICHT MEHR AN.

JA...
WENN MAN SO WAS TAGSÜBER ANHAT, FÄLLT MAN SO AUF ...
... UND NEUERDINGS GEHE ICH AUCH NICHT MEHR IN KLUBS.
ICH HAB GAR NICHTS DAGEGEN, WENN DU...
... SOLCHE OUTFITS TRÄGST.
HEUTE LASSEN WIR DAS REINSTECKEN MAL WEG.
DU MUSST JA MORGEN ARBEITEN...
SSS
DU REAGIERST ZU HEFTIG, WENN ICH IHN DIR REINSTECKE..
AH!
AH!
ZTSCH
NTSCH
AH!

TSCHILP
TSCHILP
ACH SO ...
DAICHI STEHT ALSO MEHR AUF SOLCHE KLAMOTTEN ...!?
ER IST SELBST SO HEISS...
VIELLEICHT MAG ER ES DANN AUCH LIEBER, WENN ICH HEISS AUSSEHE...
MIR IST ES EIGENTLICH EGAL.
WENN DAICHI MICH DAFÜR NOCH EIN BISSCHEN LIEBER MAG...

WAS IST DENN LOS, MASHIRO-SAN?
WIESO?
WOMM
ICH BIN EINFACH NUR...
... IRGEND-WIE TOTAL SCHARF.

DONK
FASS MICH ...
... MAL HINTEN AN!
SLRRR
ICH HAB'S REINGE-STECKT ...
... BEVOR ICH HERGE-KOMMEN BIN.
KOMM ...
... ZIEH'S RAUS!

AH!
AH!
DZPP
AH!
AH!
HHH.
HHH.
HHH.
FNNH
SCHÖN WEICH, ODER?
ICH HAB MICH SELBST GELOCKERT, DAMIT DU IHN...
... GLEICH REINSTECKEN KANNST...!
NH...
NH.
NNUH!

GNH
NH
NBBH
BATSCH
...!
GEHT ES?
SCHLUCHZ
SCHLUCHZ
K...
KEINE SORGE ...!
DSCH
DSCHBH
NPPH

AH!
HAAA!
HAAA!
HAAA!
HAAA!
HAAA!
HAAA!
HAAA!
AH!
KNICK
MA-SHIRO-SAN ...
TROPF

ICH WILL EIGENTLICH DER SELBSTSICHERE MASHIRO BLEIBEN, ABER...
... DER SEX MIT DAICHI IST SO ÜBERWÄLTIGEND...
... DASS ICH DIE FASSADE NICHT AUFRECHTERHALTEN KANN.
LASS UNS DIE STELLUNG WECHSELN.
SO RUM IST ES LEICHTER, ODER?
N...
NEIN ...
NEIN!
ICH MÖCHTE, DASS DU ES SO MACHST, WIE DU ES MAGST!
ICH KANN MICH DABEI NICHT GUT BEWEGEN. DESHALB...
... SOLLST WENIGSTENS DU...

... IN DER POSITION, DIE FÜR DICH AM ALLER-SCHÖNSTEN IST...
...!
AH!
SCHIEB
PAMM
PAMM
PAMM
PAMM
IST ES...
... SCHÖN FÜR DICH, DAICHI?
DAICHI!
REIB
DA...

SPRITZ
SPRITZ
...!
ZUCK
ZUCK
HA!
LA...
HA!
LASS IHN D...
HH.
MA-SHIRO-SAN ...
HH.
HH.
HH.
MH.
KTSCH.
KTSCH.
KTSCH.

KÜSS ... ... MICH!
ICH LIEBE ... ... DEINE KÜSSE ...
GHGH...
AH...?
ENT-SCHULDI-GE...
WENN DU...

... SO UNVERSTELLT BIST UND ICH DICH ANSEHE...
... WERDE ICH ERREGT.
ES IST GENAU, WIE DEINE KOLLEGIN GESAGT HAT...
MASHIRO
DU HAST ES SCHON IMMER AUSGESTRAHLT ...
... UND DARUM ERREGT ES VERMUTLICH AUCH ANDERE SO WIE MICH.
DAS IST GEFÄHRLICH.
DESHALB WÜRDE ES MICH BERUHIGEN, WENN DU DICH EHER AUFFÄLLIG KLEIDEST, SODASS NORMALE LEUTE...
... SICH NICHT SO AN DICH RANTRAUEN ...
DA...
DAS IST DOCH TOTALER UNSINN!

DU BIST DER EINZIGE!
ICH ...
... BIN EIN GANZ NORMALER KERL...
WO BIST DU NOR-MAL?
DU BIST SO SÜSS ...
... UND SO HEISS ...
... WO ICH AUCH HINSEHE ...
... ICH LIEBE JEDEN ZENTIME-TER!
SELT-SAM!
WENN ER MICH IM ARM HÄLT...
... SEHE ICH TATSÄCHLICH EIN WENIG SO AUS WIE DIESER MENSCH.

DA!
SIEH BITTE GENAU HIN.
I...
ICH HAB VERSTAN-DEN!
ICH HAB JA VERSTAN-DEN!
HH.
HH.
HEY ...
ALSO DU...
... MAGST EIGENTLICH GAR KEINE GRELLEN OUTFITS!?
DOCH, ICH LIEBE SIE!
DIR STEHT EINFACH ALLES...
... UND ICH FINDE ES SÜSS, DASS DU GRIES-GRÄMIG BIST, AUCH WENN DU AUFFÄLLIG GESTYLT BIST!
ICH MÖCHTE DICH DANN IMMER STREI-CHELN...
...
IRGEND-WAS MUSS MIT SEINER WAHR-NEHMUNG NICHT IN ORDNUNG SEIN...

GUTEN TAG. ICH HEISSE WAKU OKUDA.

ICH BIN GLÜCKLICH, DASS ICH BEI SHINSHOKAN DEBÜTIEREN DURFTE UND DASS MEIN MANGA SOGAR ALS SAMMELBAND ERSCHIENEN IST.

ICH MAG DEN TYP „TOP, DER IN SEINEN PARTNER VERNARRT IST“.
DAS ZEICHNEN HAT MIR SPASS GEMACHT.

VIELEN DANK, DASS DU DEN MANGA GELESEN HAST.

奥田枠
(WAKU OKUDA)

„No Color Baby“ von Waku Okuda
Aus dem Japanischen von Antje Bockel
Originaltitel: „No Color Baby“

Deutschsprachige Ausgabe erschienen bei:
Egmont Manga verlegt durch
Egmont Verlagsgesellschaften mbH,
Alte Jakobstr. 83, 10179 Berlin

1. Auflage 2019
Verantwortlicher Redakteur: Marco Walz
Gestaltung: Wolfgang Schütte
Koordination: Manuela Rudolph
Printed in the EU
ISBN 978-3-7704-5827-1

SUTOPPU!

Koko wa kono manga no owari dayo.
Hantaigawa kara yomihajimete ne!
Dewa omatase shimashita!
Tanoshii hitotoki wo dozo!

Egmont Manga Chiimu

STOPP!

Das ist der Schluss des Mangas.
Fangt bitte am anderen Ende an!
Und nun genug der Vorrede,
viel Spaß beim Lesen!

Euer Egmont Manga Team